Franz von Suppé

Des Matrosen Heimkehr

Romantische Oper in zwei Aufzügen

Franz von Suppé

Des Matrosen Heimkehr
Romantische Oper in zwei Aufzügen

ISBN/EAN: 9783743352995

Hergestellt in Europa, USA, Kanada, Australien, Japan

Cover: Foto ©Andreas Hilbeck / pixelio.de

Manufactured and distributed by brebook publishing software (www.brebook.com)

Franz von Suppé

Des Matrosen Heimkehr

Des Matrosen Heimkehr.

Romantische Oper in zwei Aufzügen

von

ANTON LANGER.

MUSIK von

FRANZ von SUPPÉ.

Klavierauszug mit Text von A. Oelschlegel.

Pr M. 8 netto.

London, Ent. Stat. Hall.
Eigenthum des Verlegers.   Mit Vorbehalt aller Arrangements.

 Verlag von Aug. Cranz in Hamburg.

Wien, C. A. Spina, (Alwin Cranz.)   Brüssel, A. Cranz.
déposé.

Preludio.

1. SCENE.   № I.A. Introduction.

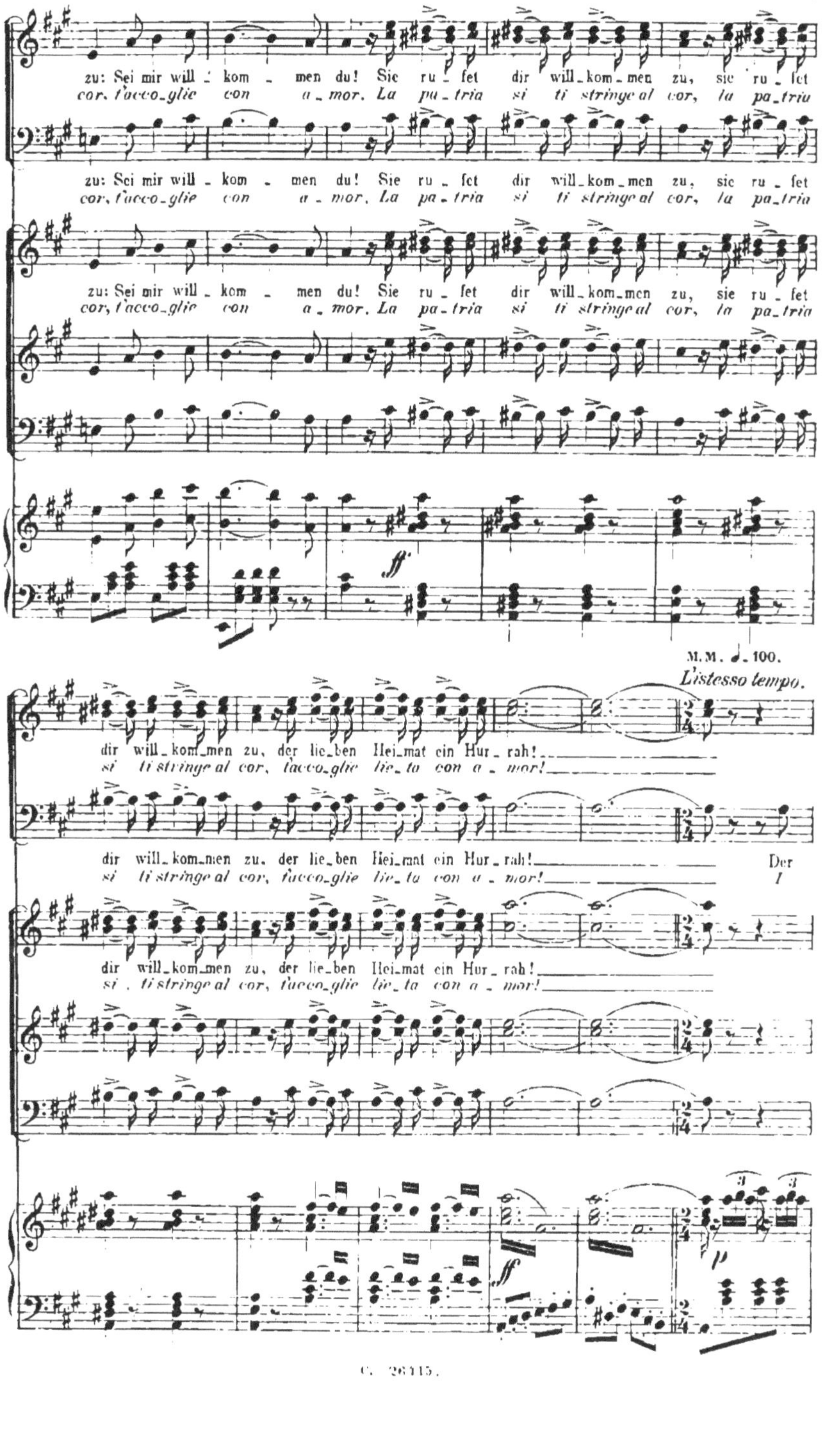
zu: Sei mir will - kom - men du! Sie ru - fet dir will - kom - men zu, sie ru - fet
cor, t'acco - glie con a - mor. La pa - tria si ti stringe al cor, la pa - tria
zu: Sei mir will - kom - men du! Sie ru - fet dir will - kom - men zu, sie ru - fet
cor, t'acco - glie con a - mor. La pa - tria si ti stringe al cor, la pa - tria
zu: Sei mir will - kom - men du! Sie ru - fet dir will - kom - men zu, sie ru - fet
cor, t'acco - glie con a - mor. La pa - tria si ti stringe al cor, la pa - tria
ff
M.M. ♩. 100.
L'istesso tempo.
dir will - kom - men zu, der lie - ben Hei - mat ein Hur - rah!
si ti stringe al cor, t'acco - glie lie - ta con a - mor!
dir will - kom - men zu, der lie - ben Hei - mat ein Hur - rah! Der
si ti stringe al cor, t'acco - glie lie - ta con a - mor! I
dir will - kom - men zu, der lie - ben Hei - mat ein Hur - rah!
si ti stringe al cor, t'acco - glie lie - ta con a - mor!
ff
p

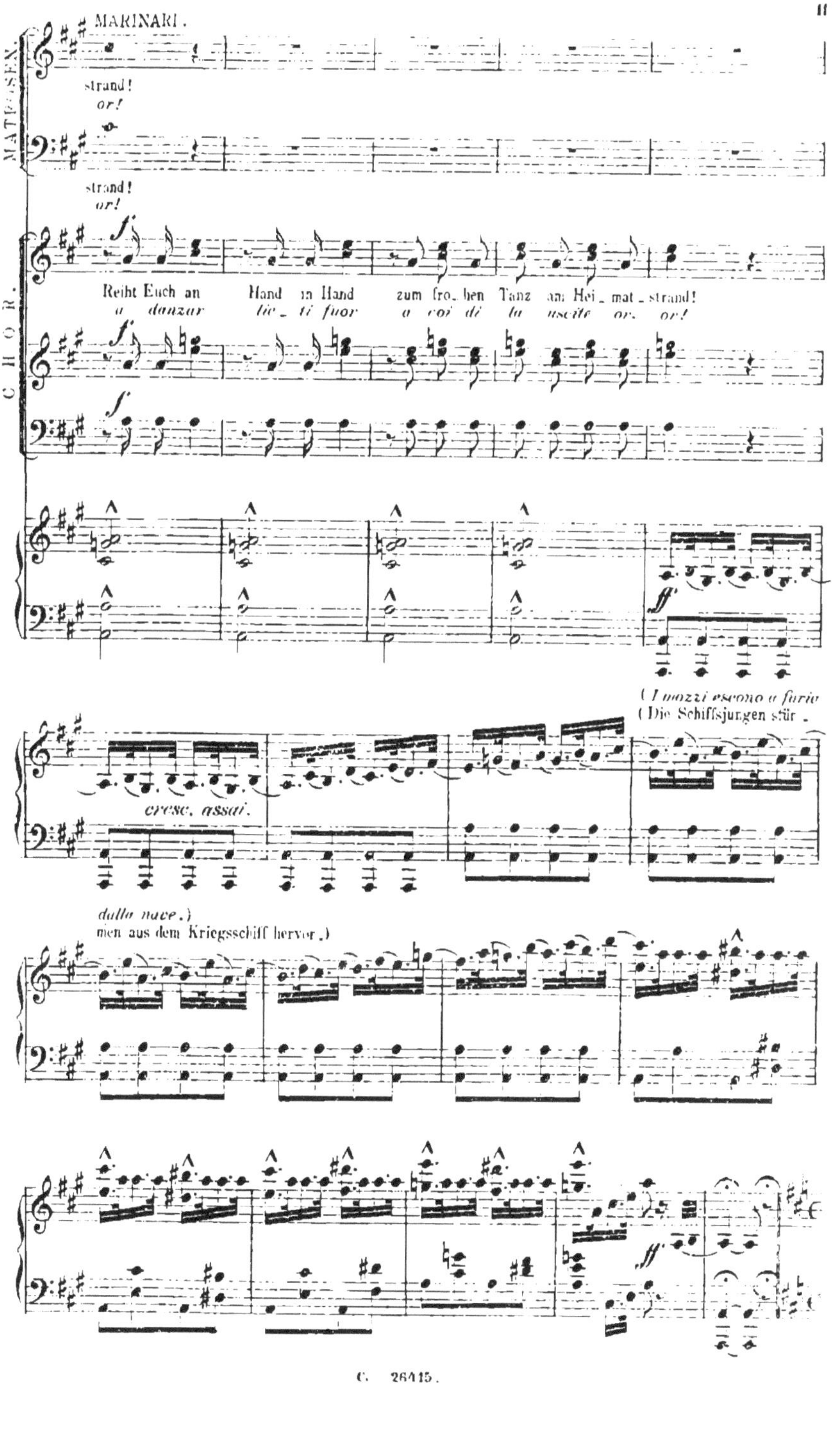
MARINARI.
MATROSEN.
strand!
or!
strand!
or!
CHOR.
Reiht Euch an Hand in Hand zum fro_hen Tanz am Hei_mat_strand!
a danzar lie_ti fuor a voi di là uscite or, or!
cresc. assai.
(I mozzi escono a furia dalla nave.)
(Die Schiffsjungen stür_men aus dem Kriegsschiff hervor.)

No 1.B. Ballet.
Alla breve quasi l'istesso tempo, un poco più pesante. M.M. ♩ = 80.
(Tanz der Schiffsjungen. — *Ballabile dei mozzi*.)

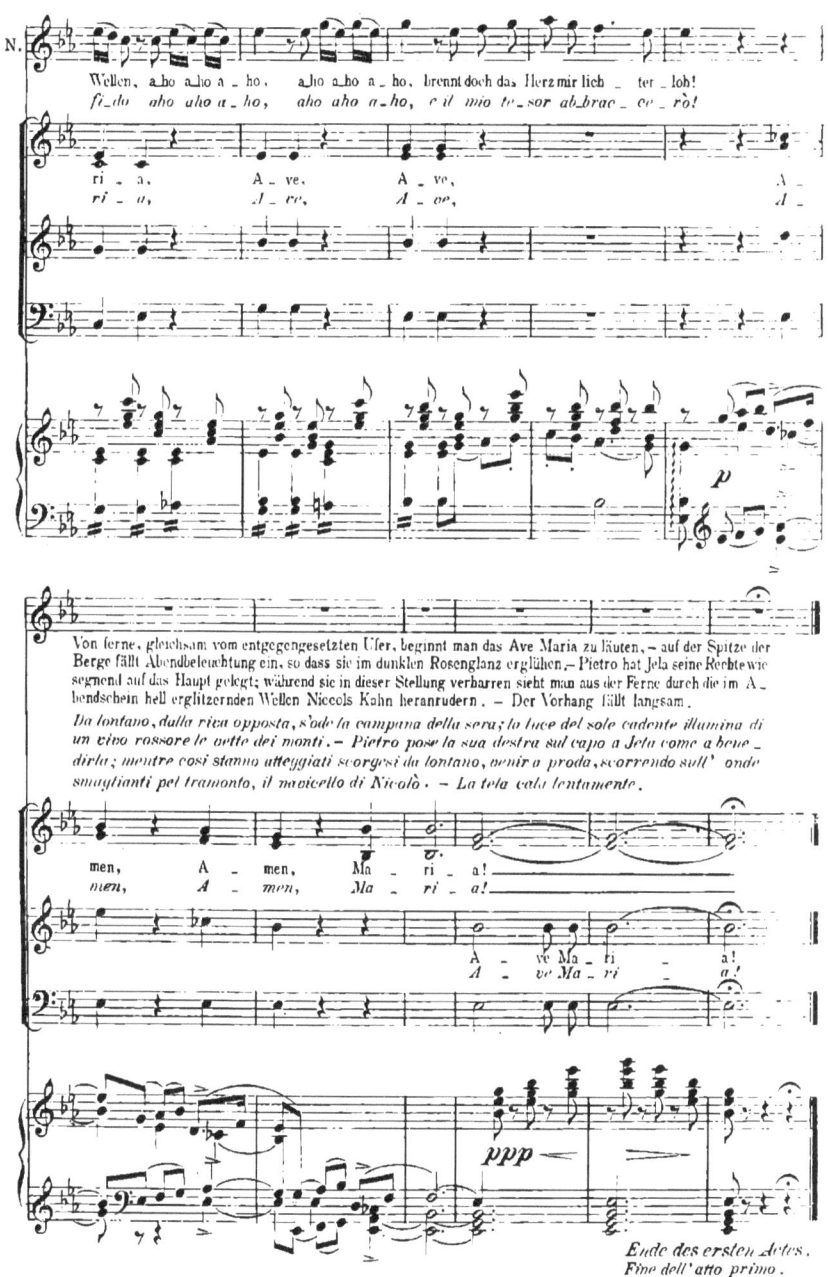

No 6. A. Entreact, Introduction und Legende.

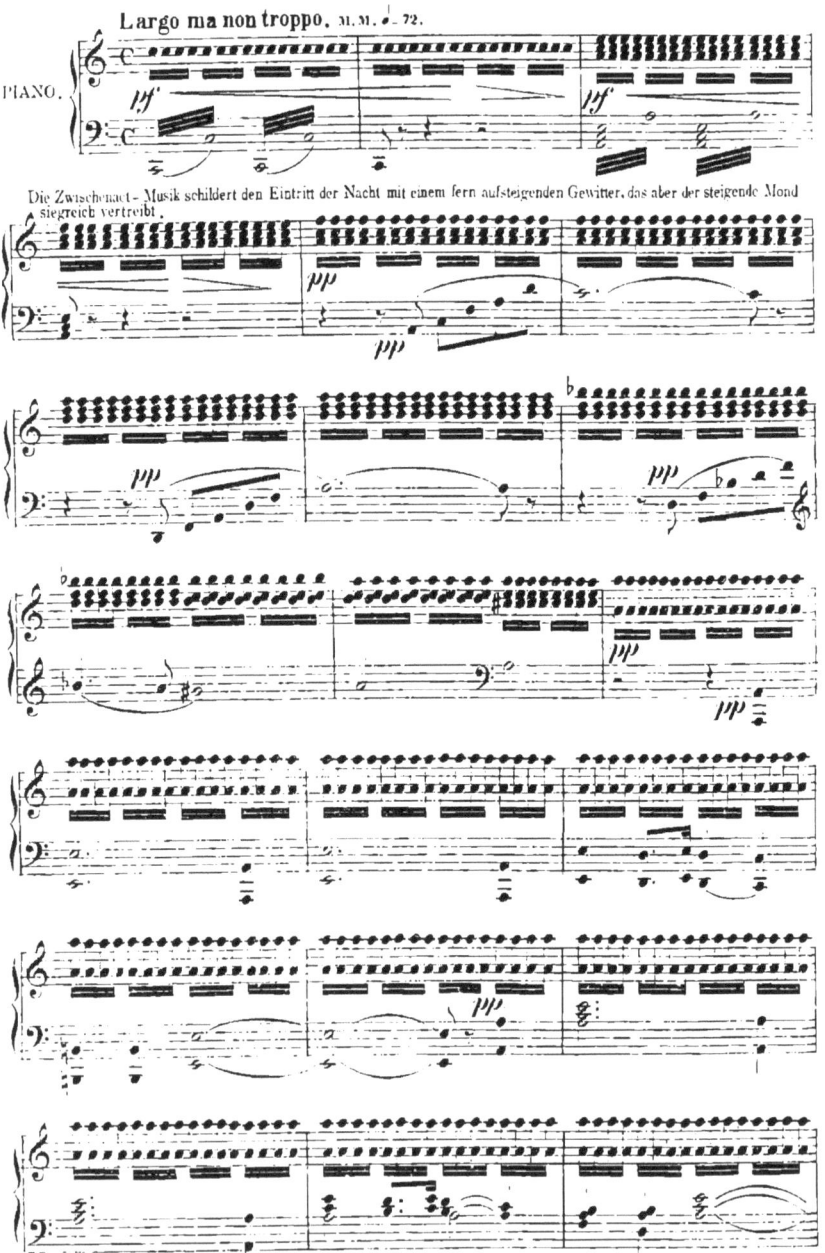

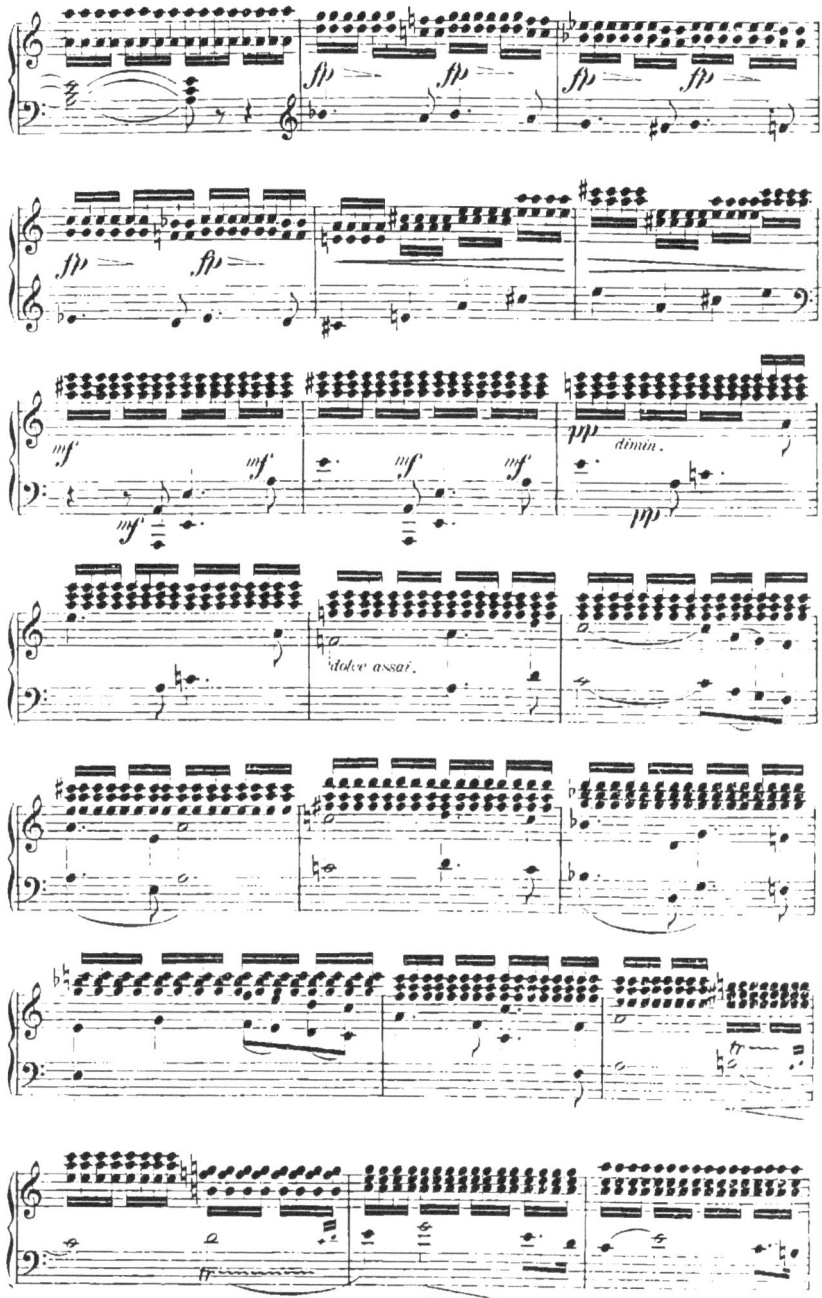

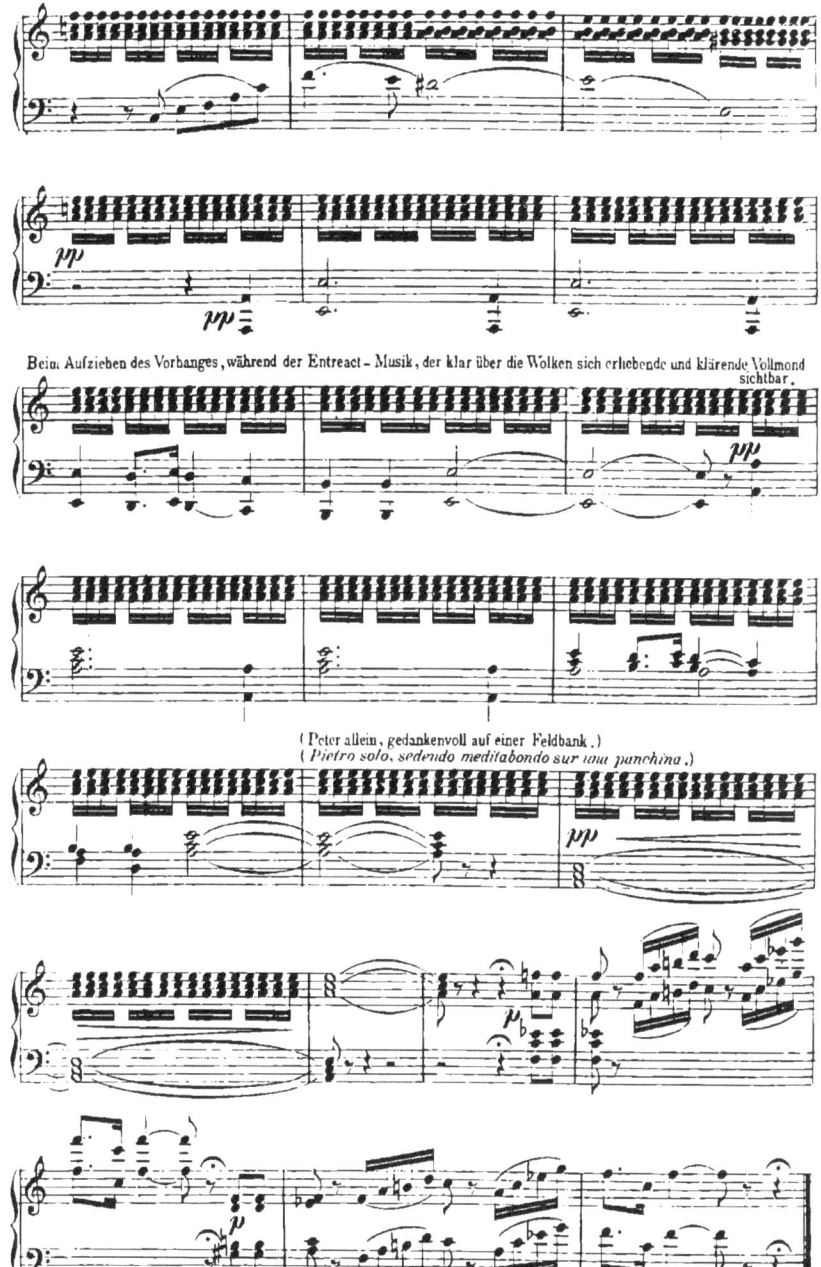

No 6. C. Recitativ und Legende.

E.
Schluss-Galoppade

Nº 8. B. Spottlied.

Allegretto spiccato. M.M. ♩ = 88.

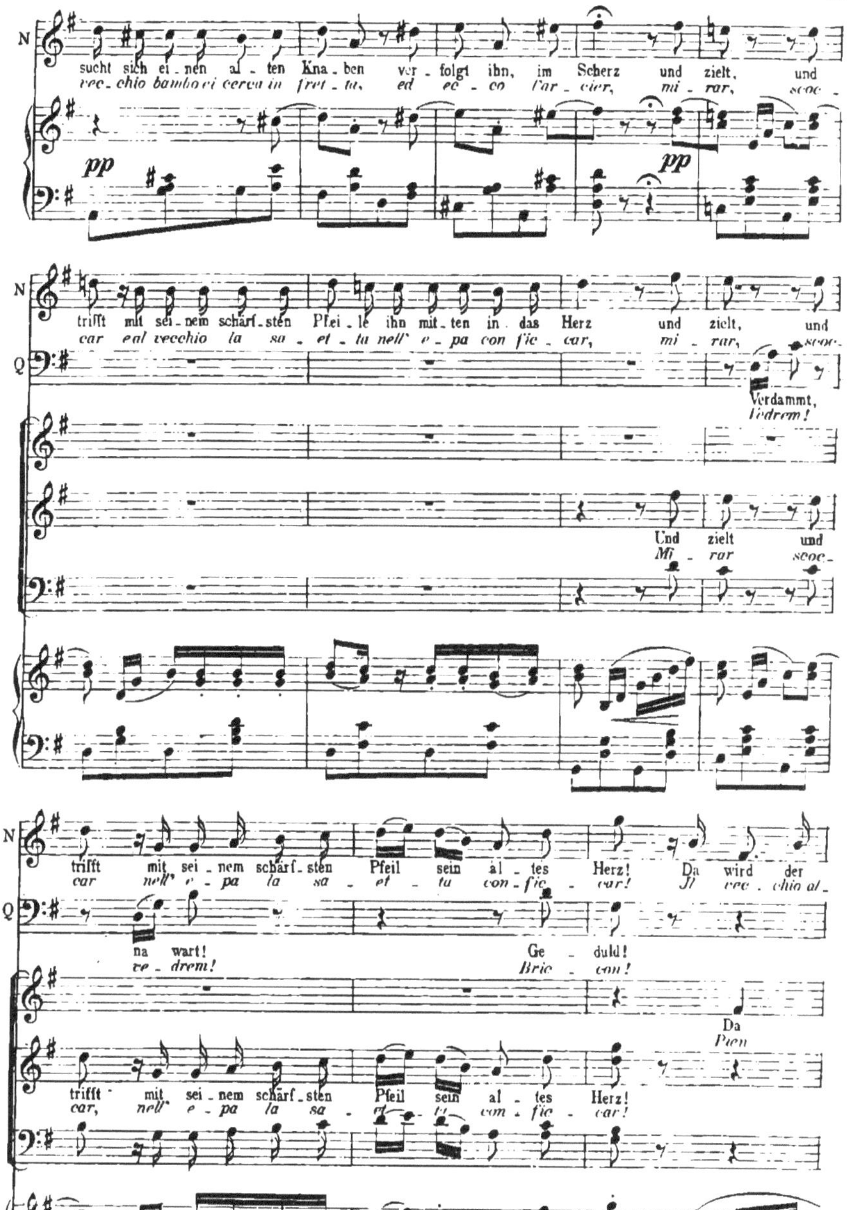
N
sucht sich ei_nen al_ten Kna_ben ver_folgt ihn, im Scherz und zielt, und
vec_chio bambo ei cerca in fret_ta, ed ec_co l'ar_cier, mi_rar, scoc_
pp
pp
N
trifft mit sei_nem schärf_sten Pfei_le ihn mit_ten in das Herz und zielt, und
car eal vecchio la sa_et_ta nell' e_pa con fic_car, mi_rar, scoc_
Q
Verdammt,
vedrem!
Und zielt und
Mi_rar scoc_
N
trifft mit sei_nem schärf_sten Pfeil sein al_tes Herz! Da wird der
car nell' e_pa la sa_et_ta con_fic_car! Il vec_chio al_
Q
na wart! Ge_duld!
ve_drem! Bric_con!
Da
Pien
trifft mit sei_nem schärf_sten Pfeil sein al_tes Herz!
car, nell' e_pa la sa_et_ta con_fic_car!
mf
f
p

5. SCENE.

N⁰ 9. Cavatine. (La Dalmatina.)